I0551597

ARLES GRANDMOUGIN

ODE

AU COLONEL

DENFERT-ROCHEREAU

Défenseur de Belfort en 1870-1871

DITE A MONTBÉLIARD

LE 21 SEPTEMBRE 1879

Pour l'inauguration de la statue exécutée par M. Becquet

PARIS

LIBRAIRIE SANDOZ ET FISCHBACHER

G. FISCHBACHER, ÉDITEUR

33, RUE DE SEINE, 33

—

1879

ODE

AU COLONEL

DENFERT-ROCHEREAU

DU MÊME AUTEUR :

LES SIESTES. — Poésies. 1 volume in-12.

ESQUISSE SUR RICHARD WAGNER. — Brochure in-8°.

A HECTOR BERLIOZ. — Poésie. Brochure in-8°.

PROMÉTHÉE. — Drame antique en quatre parties, en vers. 1 volume in-12.

LE TASSE. — Poème dramatique couronné au concours musical de la ville de Paris. In-8°.

ı

CHARLES GRANDMOUGIN

ODE

AU COLONEL

DENFERT-ROCHEREAU

Défenseur de Belfort en 1870~1871

DITE A MONTBÉLIARD

LE 21 SEPTEMBRE 1879

Pour l'inauguration de la statue exécutée par M. Becquet

PARIS

LIBRAIRIE SANDOZ ET FISCHBACHER

G. FISCHBACHER, ÉDITEUR

33, RUE DE SEINE, 33

1879

A

Monsieur F.-J. VIETTE

DÉPUTÉ DU DOUBS

Hommage sympathique et souvenir de l'armée de l'Est
où nous avons combattu

Charles GRANDMOUGIN,
Ex-volontaire du bataillon Bourras.

ODE

AU COLONEL

DENFERT-ROCHEREAU

I

Quand avec Bourbaki, par la bise et la neige,
Nous foulâmes le sol de la Franche-Comté,
Ramenant tout à coup, sur notre long cortége,
L'espoir d'un beau triomphe et de la liberté,

Je dus partir un soir, avec ma compagnie,
Vers des monts escarpés naguères envahis,
Et, sur le blanc linceul d'une neige infinie,
Veiller fidèlement au salut du pays.

Sur de tristes plateaux sentinelle avancée,
Il me fallut souvent, loin de toute maison,
Immobile et sans voix dans une nuit glacée,
Interroger des yeux la plaine et l'horizon !

Dans un ciel éclatant montait la lune bleue,
Baignant ce grand désert de rayons purs et doux ;
Les ennemis, en face, éloignés d'une lieue,
Guettaient, silencieux et sombres comme nous !

Mais là-bas, par delà les forêts désolées,
Un bruit d'artillerie éclatait sourdement,
Éveillant les échos des monts et des vallées
Sous l'immense splendeur du calme firmament !

Ces roulements, pareils au fracas d'un orage,
Affaiblis, puis soudain renaissant avec rage,
Pour être interrompus d'un silence de mort,
C'étaient ceux des canons obstinés de ta ville,
Denfert, ô grand héros au cœur ferme et tranquille,
Résolu, sans orgueil, à périr dans Belfort !

Quand le jour frissonnant et clair venait d'éclore,

Ce tonnerre lointain retentissait encore ;

Il vibrait dans l'espace à chaque heure du jour ;

Nos regards allumés par une fièvre sainte

Se fixaient sans repos vers la sublime enceinte

Où les tiens combattaient, pleins de force et d'amour !

Et, saluant en toi l'âme de la Patrie,

Redoutable et farouche encor, quoique meurtrie,

Au milieu des fureurs de cent mille Allemands,

Nous rêvions, remués par de belles colères,

D'aller jusqu'en tes murs pour y serrer nos frères

Dans de victorieux et longs embrassements !

Pourtant, les sombres flots de l'armée ennemie

Sur nous, comme un grand fleuve, incessamment vomie,

Recouvraient la moitié du sol de nos aïeux !

Captive et tout en pleurs, notre vieille Touraine,

Sous le joug étranger frémissante de haine,

Vers Paris affamé tournait en vain les yeux.

Depuis trois mois déjà, Metz, la grande Metz, celle
Que depuis trois cents ans on nommait la Pucelle,
Entendait les hurrahs germains dans ses maisons,
Et l'ennemi, trompé dans son âpre espérance,
S'étonnait chaque jour de voir encor la France
Survivre éperdument à tant de trahisons!

Quant à toi, sans jamais croire à notre agonie,
Fidèle à notre race ainsi qu'à son génie,
Tu restais là terrible, et debout dans ta foi,
Et notre volonté se faisait plus altière
En te voyant vainqueur au seuil de la frontière,
Quand au cœur du pays Bismarck parlait en roi!

II

Devant une vertu si mâle et si hautaine,
Qui donc n'eût trouvé doux de lutter et souffrir?
Tes canons, à la voix formidable et lointaine,
Attisant en nos cœurs le foyer de la haine,
A toute heure du jour parlaient de bien mourir!

Aussi, par un élan généreux animée,
Un matin, notre jeune armée
Partit vers toi, vaillante et rapide, à travers
Les forêts, les monts et les plaines

Que flagellaient des vents aux mordantes haleines,
Et les ravins glissants durcis par les hivers !

Sous un souffle inconnu les âmes agrandies
Au milieu des dangers deviennent plus hardies :
Le sol tremble partout ; le sang, par longs ruisseaux,
Brille lugubrement sous les morts en monceaux
            Dans la pourpre des incendies !

Sous les bois hérissés de sinistres glaçons,
Sur la morne blancheur des campagnes gelées,
Dans les granges en feu des fermes isolées,
Et sur les toits crevés des croulantes maisons,
            Partout d'effroyables mêlées !

            Parmi d'innombrables mourants,
Conscrits de dix-huit ans et vétérans superbes
            Bondissent et comblent les rangs
Qu'une grêle invisible abat comme des herbes !

On avance !... Déjà l'on dit de toutes parts,
Au milieu du tumulte énorme de l'armée,
Qu'au-dessus d'une mer mouvante de fumée,
. A l'horizon prochain surgissent tes remparts !

Un jour encor, peut-être une heure, et nos cohortes
    A qui rien n'aura résisté
    Vont faire éclater sous tes portes
    Des fanfares de liberté !

    Un jour !... Mais non !... La destinée,
Ainsi qu'un vent de mer qui change brusquement,
Ramène contre nous l'Allemagne acharnée,
    Et, dans moins d'une matinée,
Sur les plus résolus souffle l'effarement !
L'espérance s'envole et notre flot s'arrête ;
    Mais toi qui restes sans secours
Pendant que nos clairons et nos mornes tambours
    Sonnent la dernière retraite,
    On t'entend combattre toujours !

2

III

Partout la hideuse déroute !
Des soldats éperdus, sans pain et sans souliers !
Des fusils que l'on jette aux fossés de la route !
Des spectres de chevaux errant sans cavaliers !
Tout s'évanouit, tout s'écroule !
Des caissons éventrés gisent sur les chemins,
Et sur des chariots brisés, d'où le sang coule,
Des blessés se tordent les mains :
Ce n'est plus une armée et pas même une foule !
La neige à lents flocons tombe du grand ciel noir :

On meurt, raidi par la froidure,
Sur cet immense désespoir
Plane l'immense deuil de toute la nature !
A nos lamentables soldats
La Suisse enfin sourit, la Suisse fortunée,
Au bord de ses lacs bleus vivant loin des combats,
Et qui vient doucement, comme une sœur aînée,
A notre République ouvrir tout grands les bras !

IV

Pour toi, Denfert, génie entrevu comme un rêve,
On ne t'entendait plus, mais tu luttais sans trêve,
Illuminant l'esprit du plus désespéré !
Treskow, avec orgueil, te somme de te rendre !
C'est à coups de canon que tu lui fais comprendre
Combien ton devoir est sacré !

Paris, tremblant de fièvre et pâle de famine,
Morne de succomber avant d'être en ruine,

Devant le noir destin courbe son front dompté ;
Tu le sais, ton cœur saigne et pleure, mais qu'importe !
Et ton dédain refuse à l'ennemi la porte
        De ta fulgurante cité !

Pendant qu'autour de toi ta patrie abîmée
Laisse s'évanouir, ainsi qu'une fumée,
De ses enfants vaincus les bataillons épars,
Tu roules des pensers toujours fiers, mais plus sombres,
Prêt à t'ensevelir sous de fumants décombres,
        En embrassant tes étendards !

Seul, te voilà tout seul à troubler le silence
Qui plane nuit et jour sur les villes de France,
Héros majestueux servi par des héros !
On voit même, ô sublime ivresse du courage !
Les tiens faire cracher aux canons d'un autre âge
Des boulets oubliés dans les vieux arsenaux !

Un jour pourtant, hélas ! Belfort fut sans réplique !
Quand notre solitaire et morne République

                                        2.

Te dit dans un sanglot que tout était perdu,

Tu sortis, le front haut et les yeux pleins de larmes,

A la tête des tiens qui conservaient leurs armes,

Devant l'ennemi confondu !

V

Toi par qui nous gardons ce lambeau de l'Alsace
Ainsi qu'un souvenir poignant des mauvais jours,
    Toi dont l'héroïsme vivace
De l'honneur seulement attendait du secours !
    Toi qui fus en soixante et onze
Avec Teyssier à Bitche, hélas ! le seul vainqueur ;
Te voilà donc debout, triomphant et de bronze,
    Ainsi qu'il convient à ton cœur !

Sous ton regard puissant, la vieille ville est fière
De garder à présent la nouvelle frontière,

O soldat immortel, grand parmi les plus grands,
     Qui n'as mis ton bras au service
     Que de l'inflexible justice
Et qui restes plus beau que tous les conquérants !

D'aucun remords, au moins, ta gloire n'est troublée,
Elle brille sur nous, terrible, immaculée,
Comme le grand symbole éternel du devoir,
     Rappelant aux fils de la France
Qu'on peut, dans le malheur, retrouver l'espérance
     Jusques au fond du désespoir !

     A présent, la grande Patrie
Sourit, l'œil plein d'azur, et de ses maux guérie,
Sous un chef vénéré qu'elle-même a choisi,
Et cependant, malgré la tempête apaisée,
Le travail reconquis et la guerre chassée,
Il m'est doux de venir te saluer ici !

Oui, l'on est altéré de joie et de lumière !
La nation, rendue à sa splendeur première,

Flétrit, au nom du droit, la guerre et ses horreurs,
Et, paisible, elle veut, tout en dressant la tête,
N'entendre que les cris de ses cités en fête
        Et les chansons des laboureurs!

Mais si jamais nos murs doivent trembler encore
        Sous le canon retentissant,
        Et si, par malheur, notre aurore
Se lève quelque jour sur un fleuve de sang,

Alors, inspire-nous pour la lutte suprême,
Montre-nous comme on sert le pays que l'on aime,
En mettant l'existence au-dessous de l'honneur!
Souffle sur nous l'esprit des fameux capitaines
        De Rome, de Sparte et d'Athènes,
Qui saluaient la mort à l'égal d'un bonheur!

Que le pur souvenir de ta juste colère
Au milieu des périls nous guide et nous éclaire

Comme un resplendissant flambeau !
Et que ton âme austère, au devoir asservie,
Demeure pour nous tous une source de vie
Par delà ton muet et glorieux tombeau !

7378 — Imprimerie Ch. Noblet, rue Cujas, 13, Paris.